Sailors

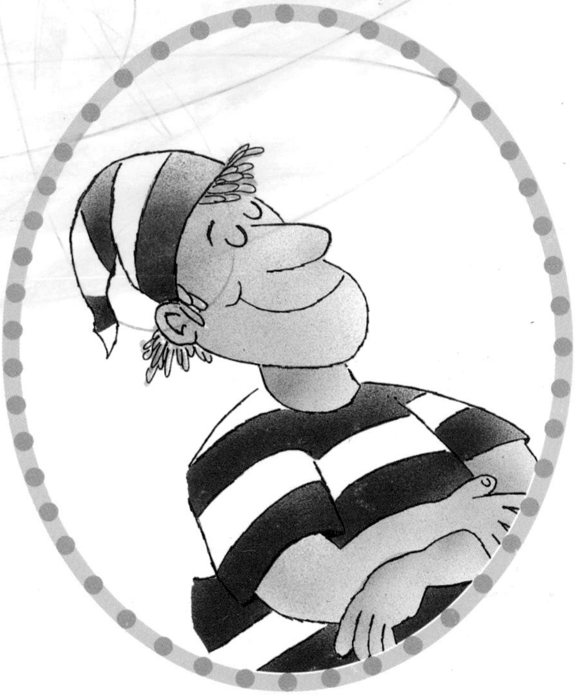

Illustrated by Jim Storey

Rigby

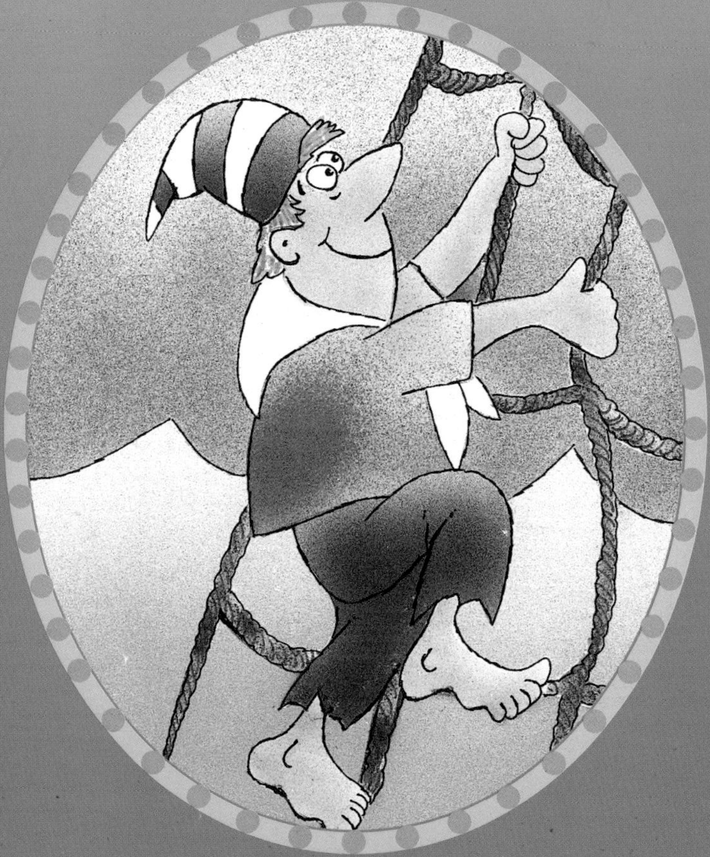

I am climbing.

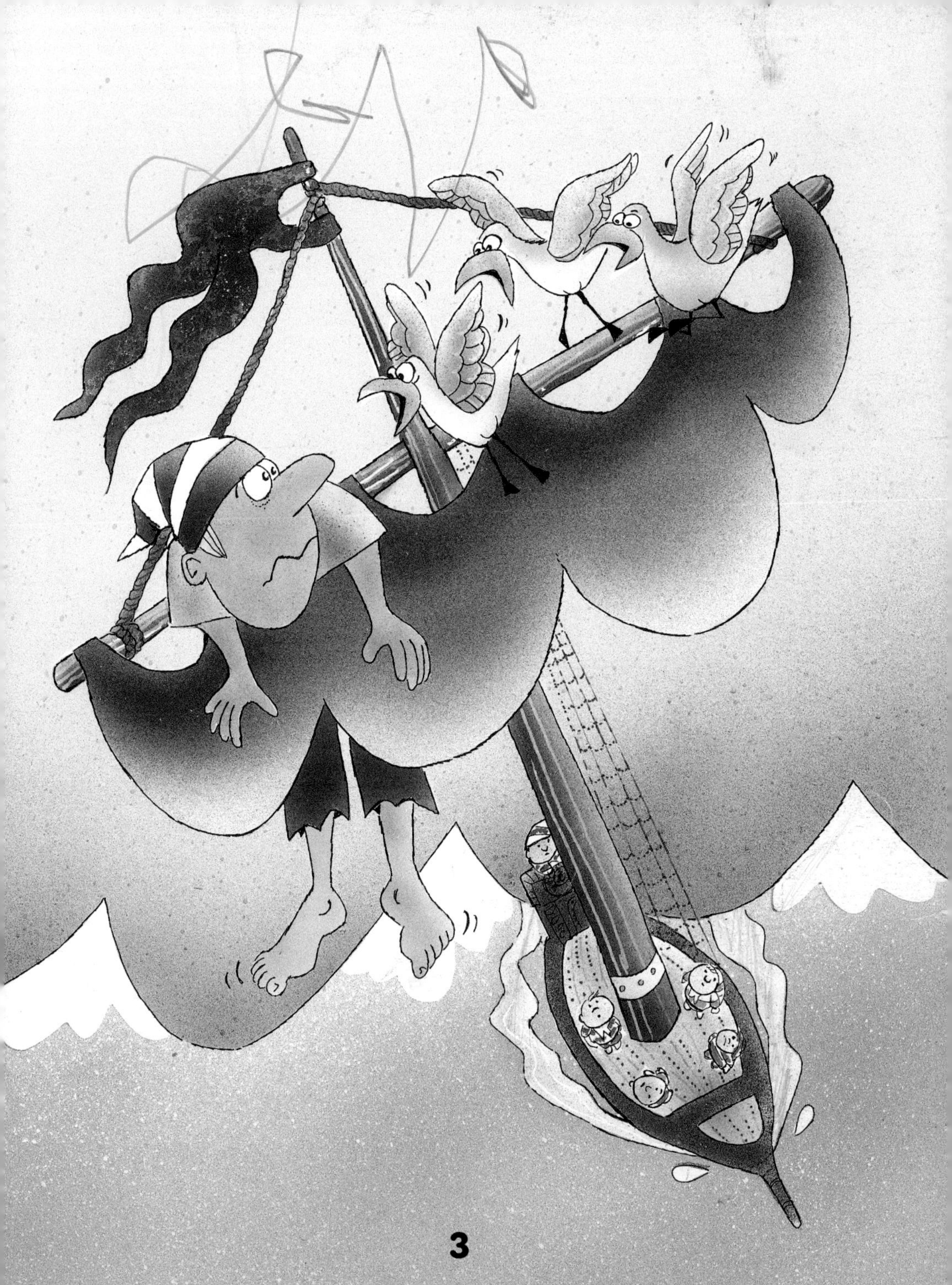

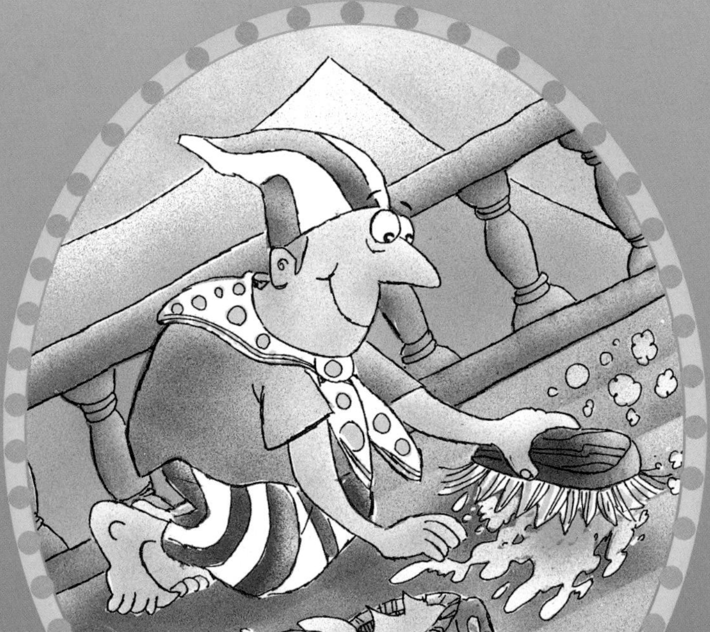

I am cleaning.

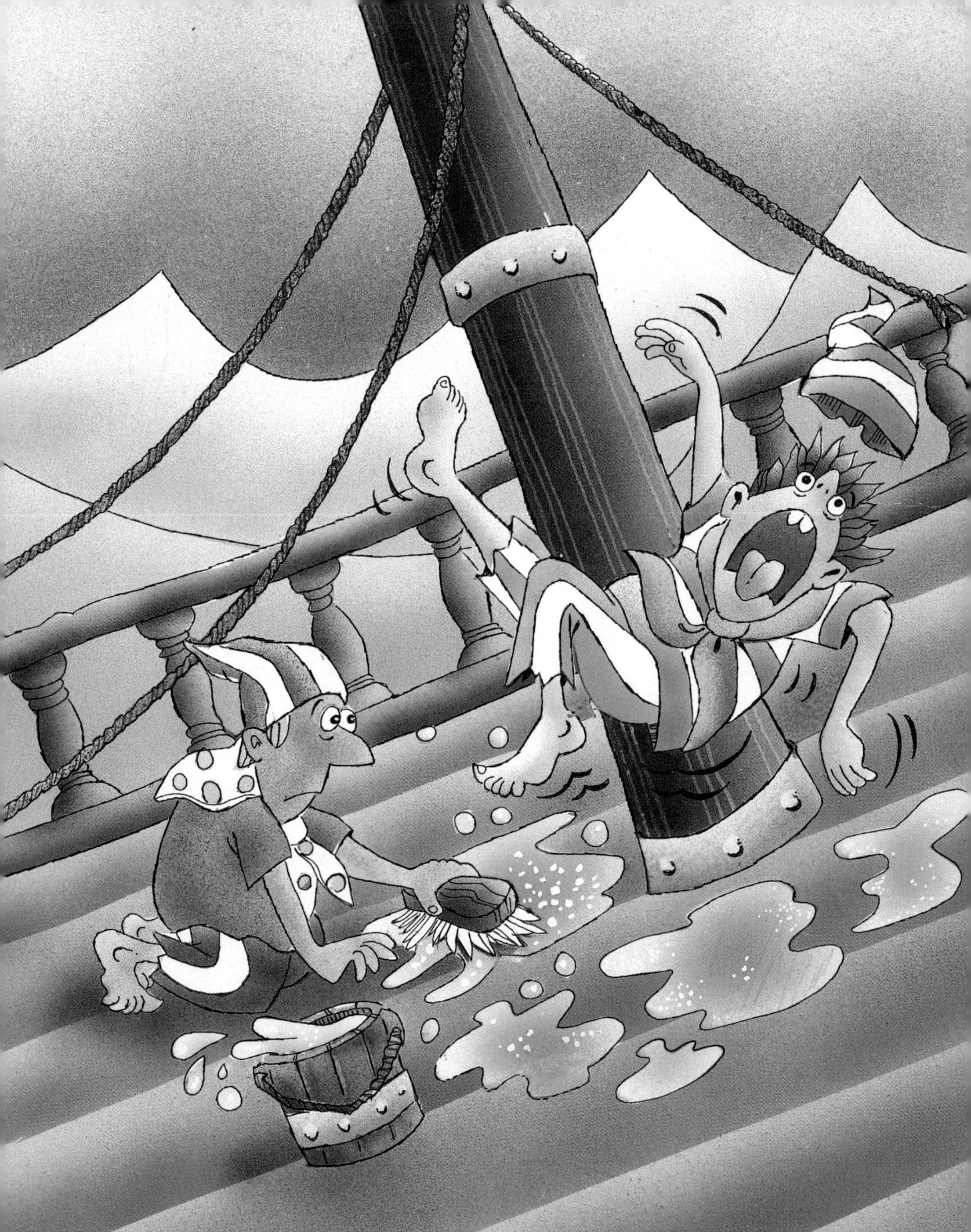

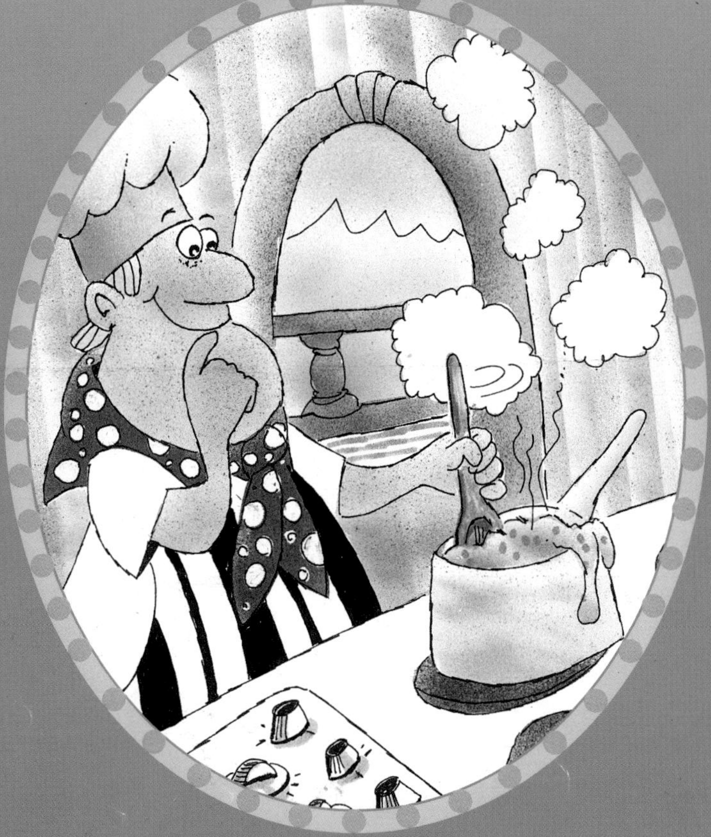

I am cooking.

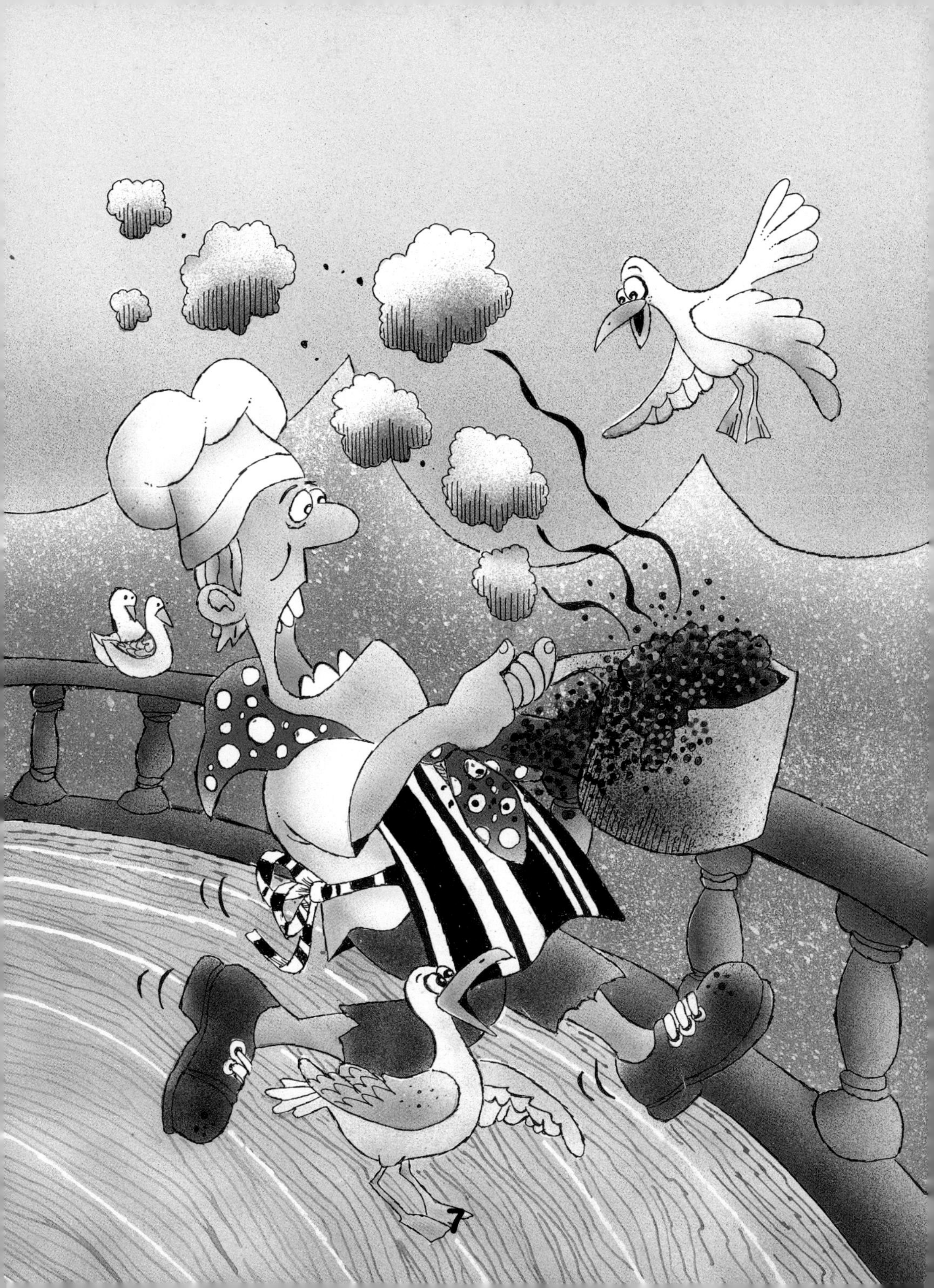

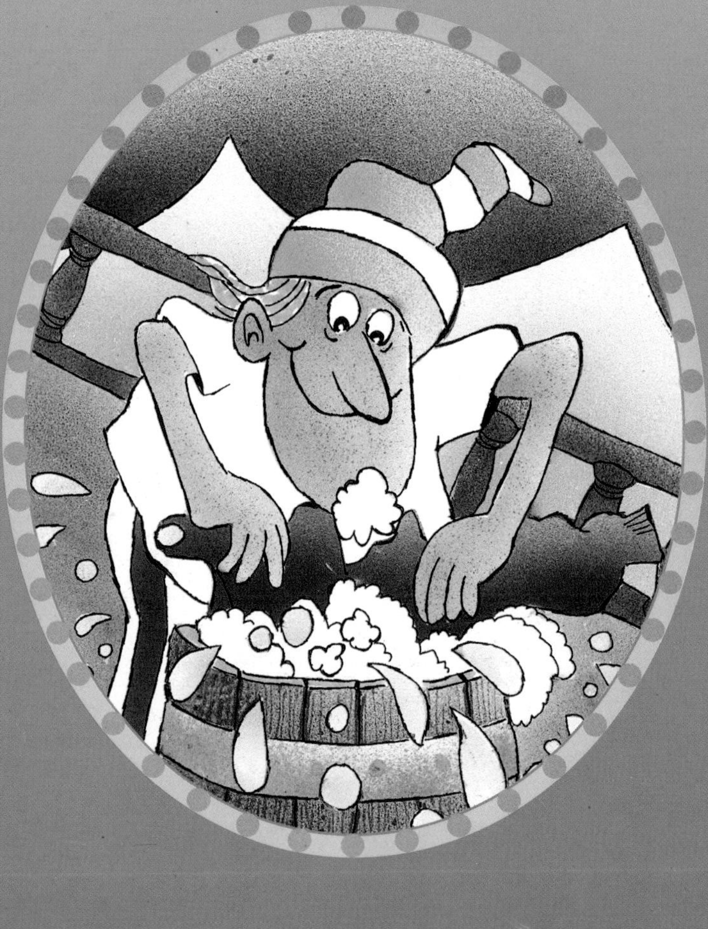

I am washing.

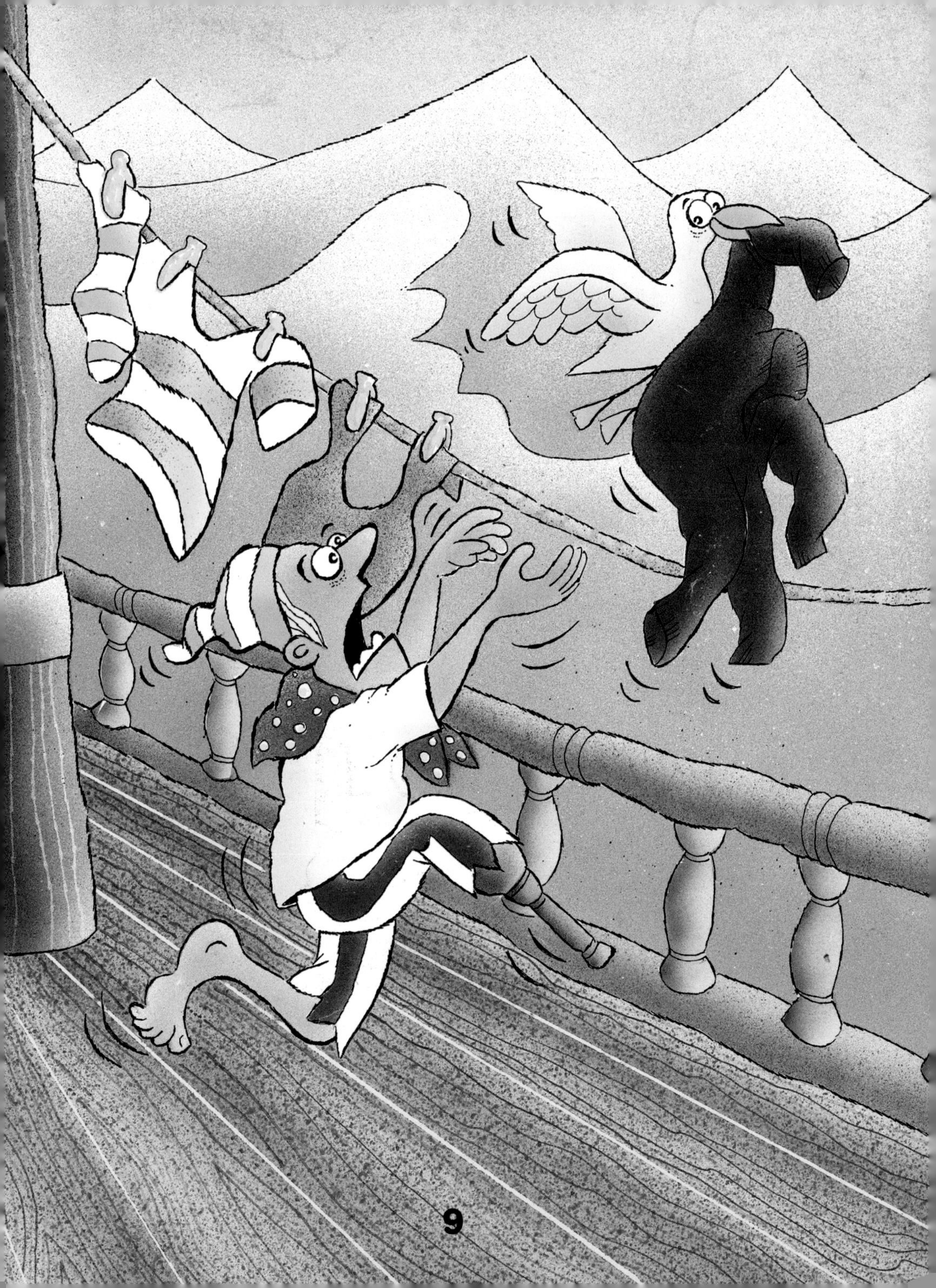

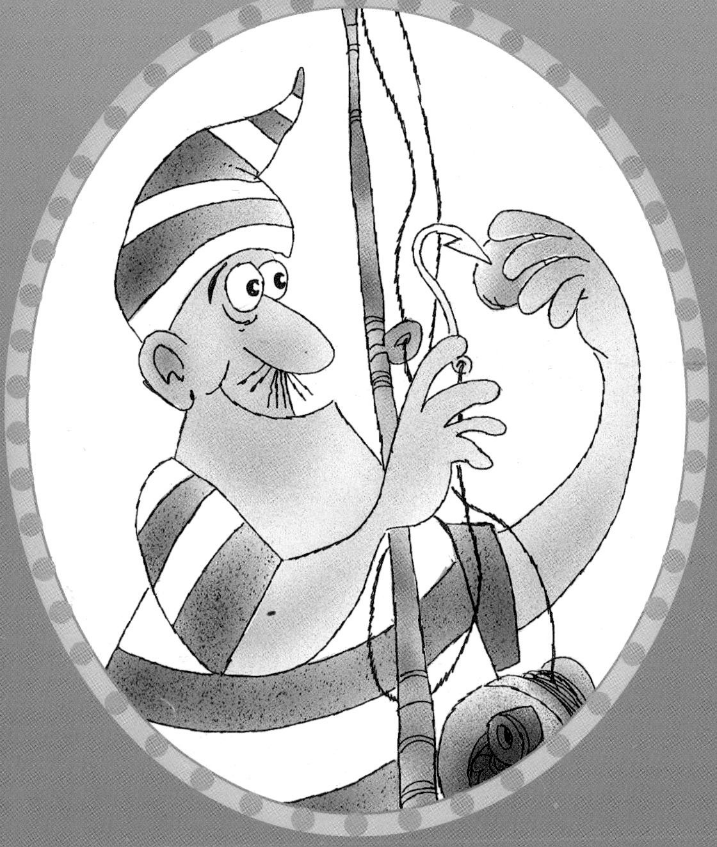

I am fishing.

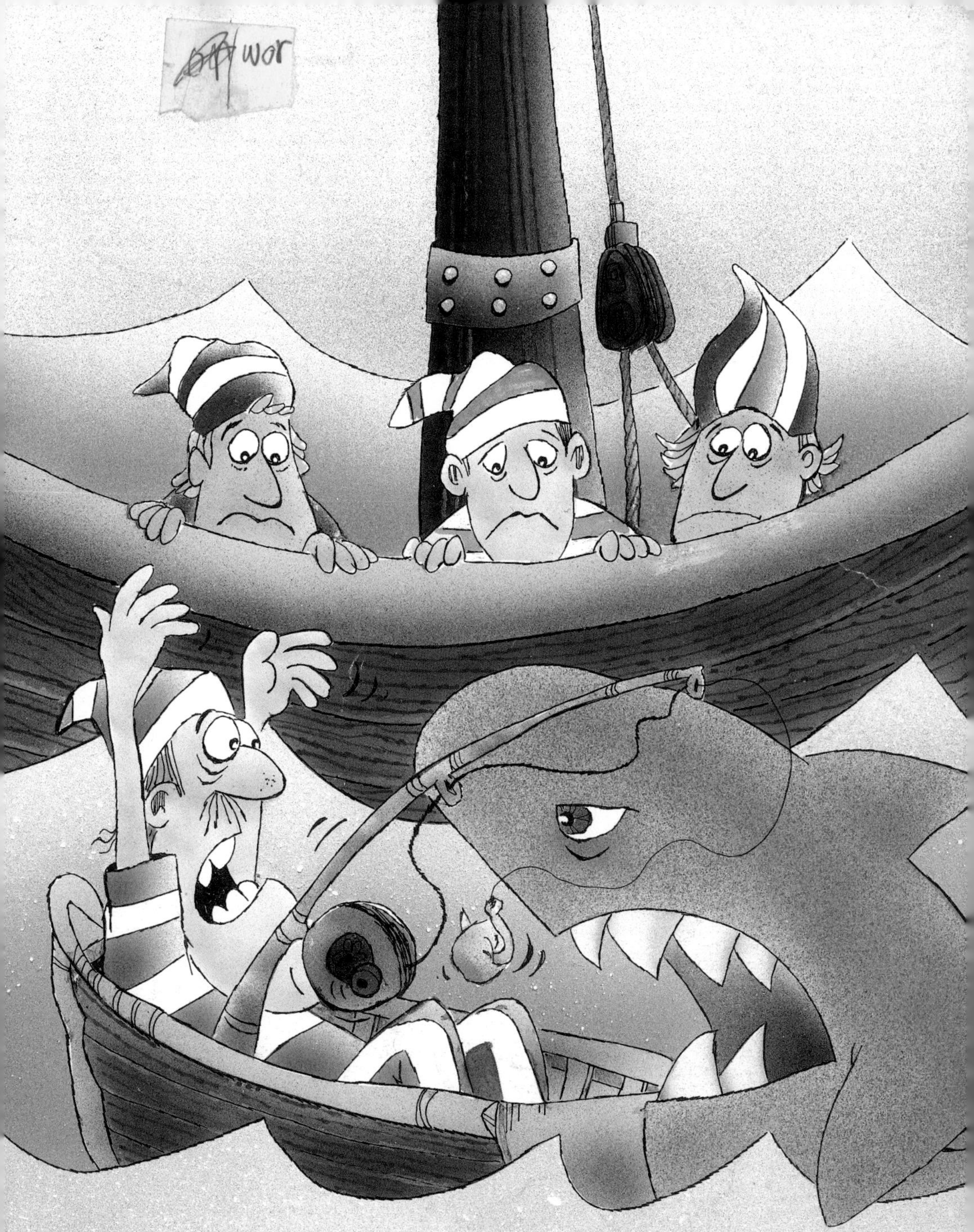

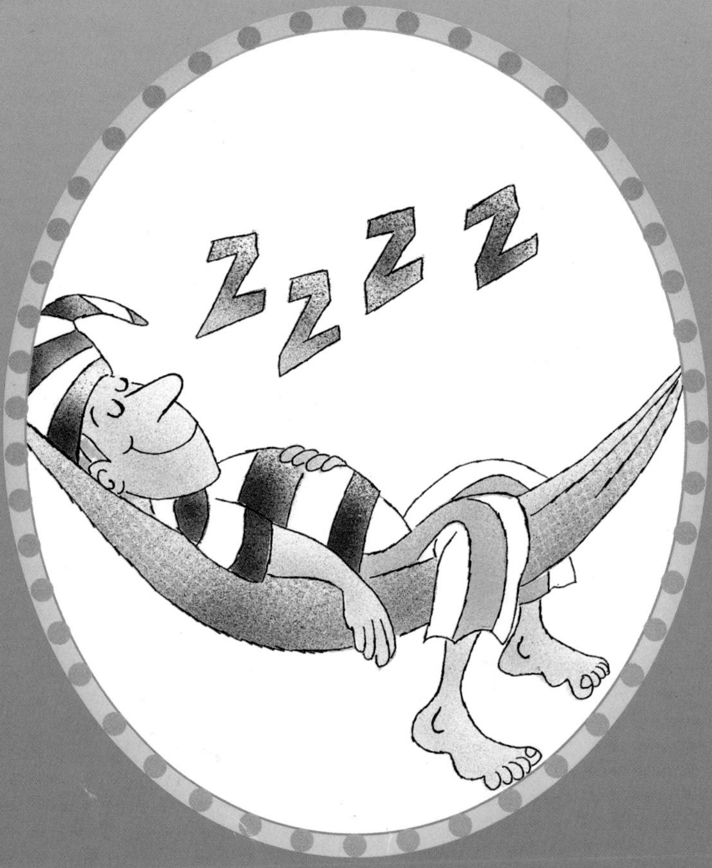

I am sleeping.

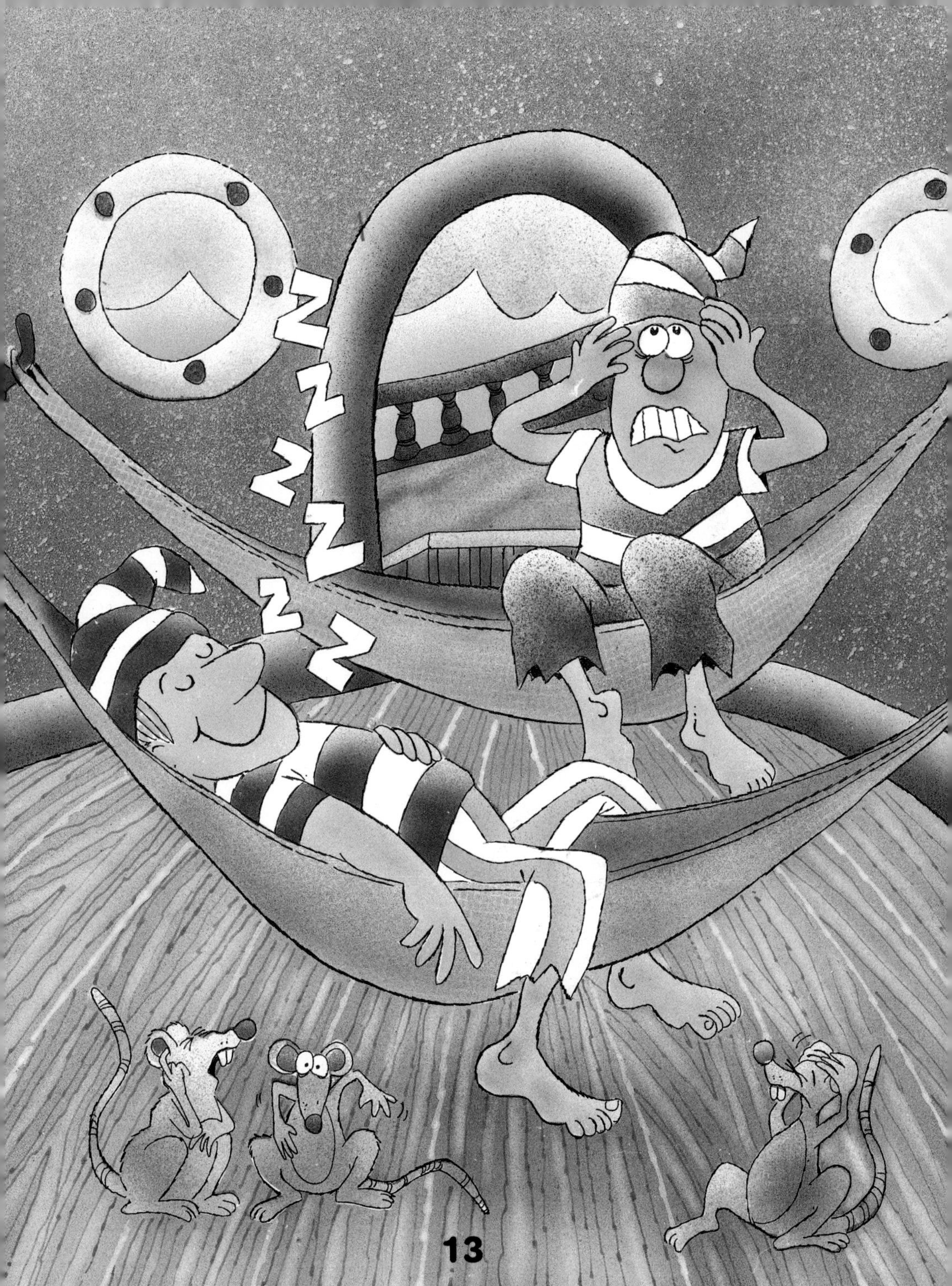
Z Z Z Z Z Z Z

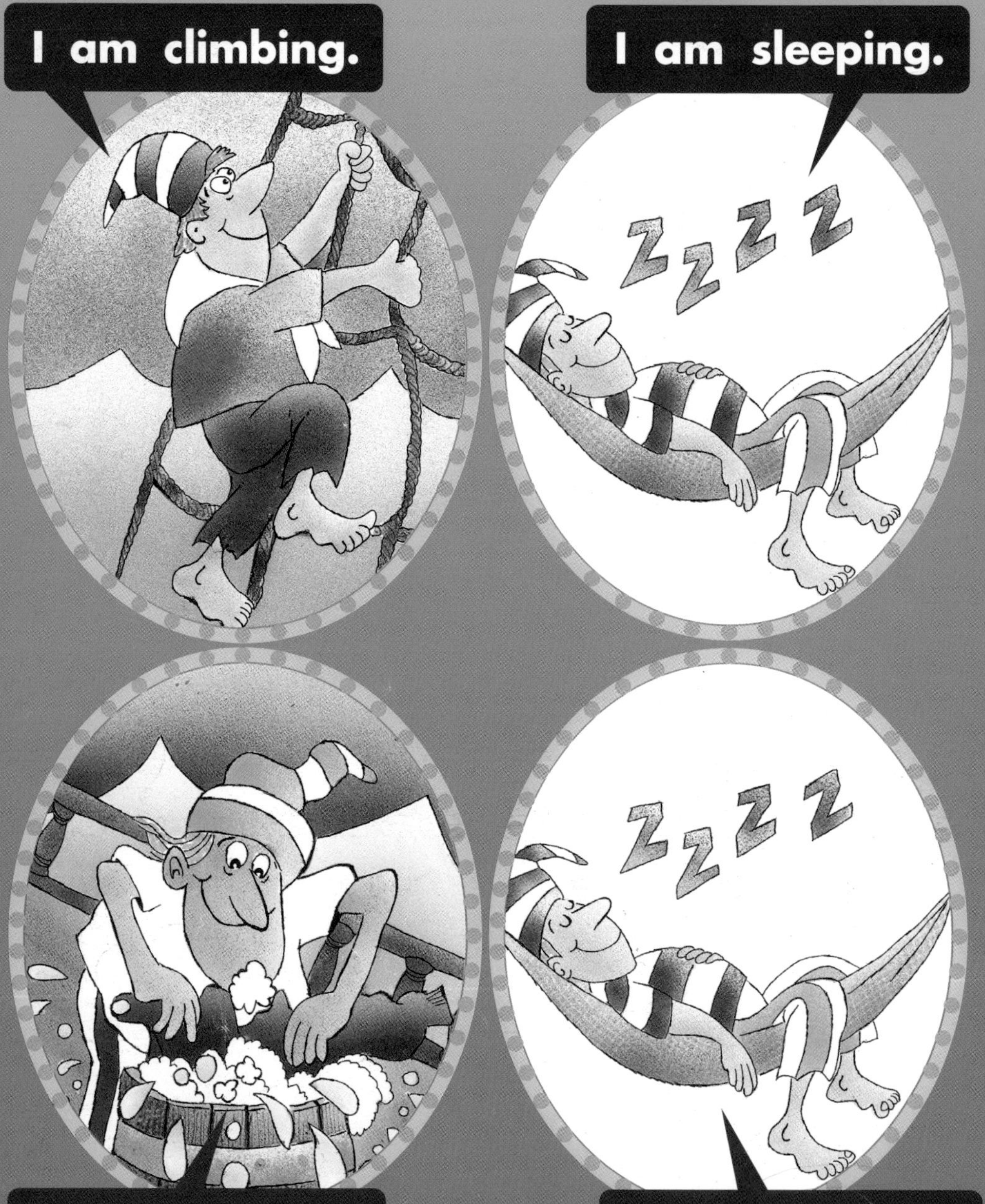
I am climbing.
I am sleeping.
ZZZZ
I am washing.
ZZZZ
I am sleeping.

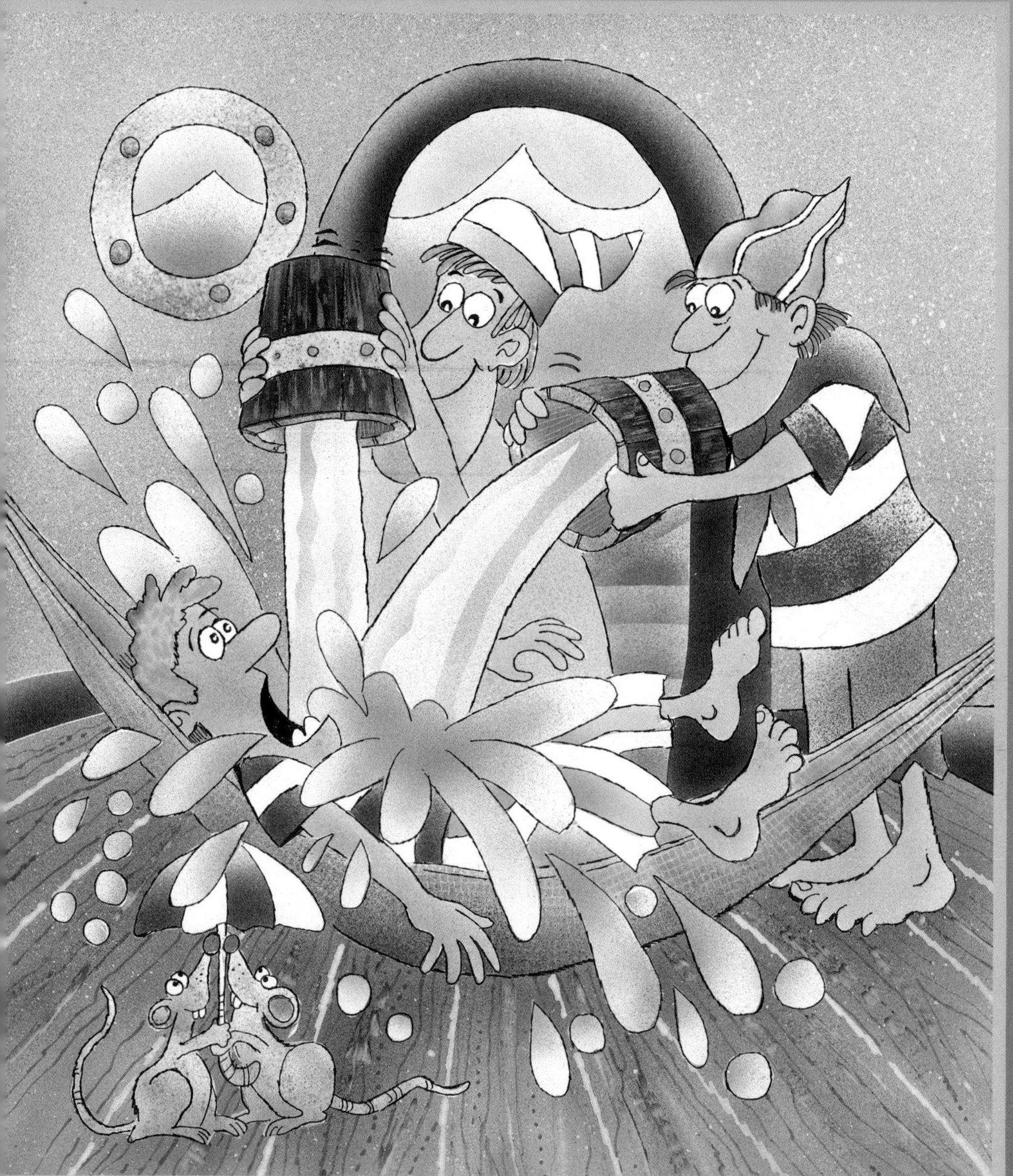

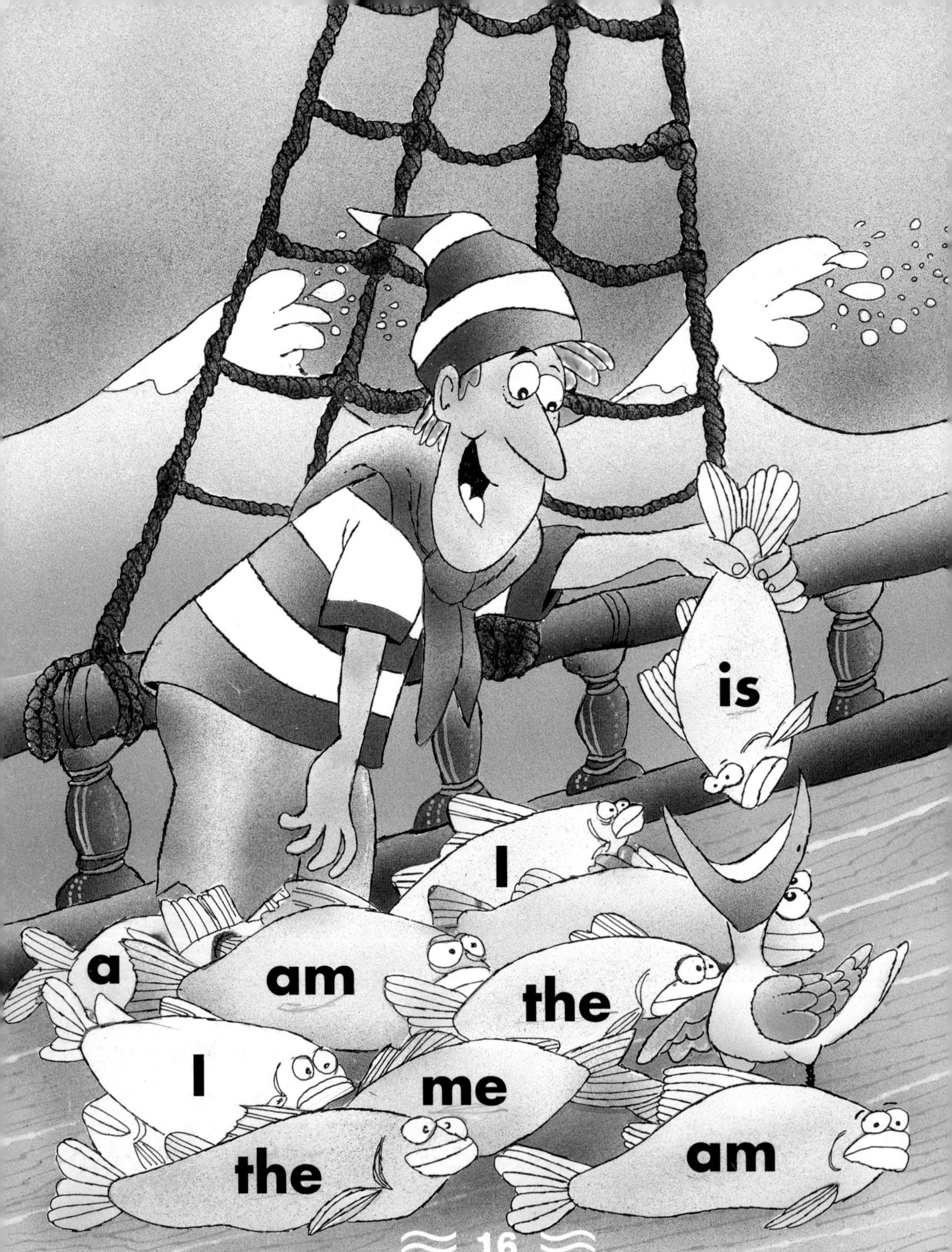
is
I
a
am
the
I
me
the
am